西
湖
十
景

平湖秋月

王旭烽 著

江苏凤凰文艺出版社

平湖秋月

四十岁以后，徐白渐渐发现，夜晚不再是夜晚了。

　　不是因为越来越多的霓虹灯把整个夜西湖的前半夜照得如同一幅假画——关于外部世界的明亮与幽暗，徐白可以做到不置可否。

　　有一段时间报纸上对于这个问题讨论得比较激烈，连徐白那个在歌舞团长久地跳着女Ａ角的妻子红路也卷了进去。吃饭的时候，她一意孤行地要与徐白讨论西湖该不该亮起来的问题——徐白不想在这些问题上费脑筋，他一边洗碗一边说："上帝说要有光，于是便有了光。"

　　红路从来也没有读过《圣经》，她可不知道徐白引用的这句话来自《圣经》的第一段。但红路很聪明，很会"接口令"，立刻就移花接木地回答："什么上帝，还不是钱，钱说西湖的夜里要亮起来，于是便亮起来了。"

平湖秋月

徐白没有再回答，就进了里屋。红路就在外面叫着："徐白，徐白，你怎么不说话？明日报社要请我去参加专题讨论的，你给我定个调子。"

红路是社会名流，是经常要被这样请来请去的。但红路多年来崇拜她的这个不是社会名流的丈夫徐白，红路的对外发言，常常是要徐白定调子的。

徐白一边抚擦着他的那把梅花格式古琴，一边说："你爱说什么就说什么吧，这是旅游业，我没什么可说的。今晚琴社要聚会，你可别再吵我，我得调琴。"

这么说着的时候，里屋就嘈嘈切切地传来了调琴声，一会儿，琴声起，是毛敏仲的《渔歌》。此曲极为琴家赞誉，写的也正是琴家一直向往的那一份出世脱俗的古意，其中多有渔民摇橹时的"欸乃"之声。为这一声"欸乃"，徐白和他的父亲没少切磋。红路是搞舞蹈的，对音乐的这点敏感还是存在的。她一边听一边想着，实在是太散淡了，太散淡了。小小寰球，还有几个如我的先生一般的渔夫在"欸乃"个没完！虽说是物以稀为贵，毕竟太散淡了。她摇着头，就走进了小客厅，她要去看《新闻联播》了。

夜晚不再是夜晚了，徐白不再"欸乃"。他几乎已经有半年没有摸琴。三十而立的时候，他是弹着琴把新娘红路引入洞房的，他弹的是《凤求凰》。而今四十不惑了，他什么也不弹，他到处请客吃饭作揖打躬，腰间借来的BP机和手里的大哥大一起乱响，回到家中酒气冲天饱嗝齐鸣。有时他的住在平湖秋月的父亲腋下夹着一把古琴来了，洗手焚香，等着他。看他这副样子，连琴囊都不打开了，就有说没说地道些红尘中事——

"徐元啊，还是那副老样子，一天说不上一句话，倒也清静。"

"不说话怕什么，不犯病就是上上大吉。"徐白说。徐元十岁那年，上台去给正在挨批判的父亲送水，被人一把从台上推了下来，磕了脑袋，从此便落下了病，不会说整句的话儿了。

"徐华呢，沸得我一佛出世二佛升天。"

二弟徐华，倒是正宗名牌大学经济学硕士生。他一口气介入了三家公司，有三个女小秘正在为他寻死觅活，与大弟徐元无人光顾的情形正好成一贫富相悬的重要景观。

谈完了两个儿子，父亲就看看鼻翼上浮出油光的大儿子，迟迟疑疑地问："你这头呢？怎么样，有希望吗？"

"有希望，怎么没有希望啊！"徐白就眉飞色舞地说，"我大学里好几个同学都是亿万富翁了。从前他们都是我的崇拜者呢，我一说要建古琴馆，他们都拍胸脯了——'徐白，你的事情，还不是一句话。'爸爸，你就等着当你的琴馆名誉馆长吧。"

然后，徐白就在大镜子里看见父亲站起来了，琴夹在腋下，笑一笑，说："古调虽自爱，今人多不弹。老夫去也。"

父亲的背影，像是被解雇的私塾先生的背影，慢慢地，融入了夜。徐白从窗口看着父亲远去，他们原本说好了是要共同来切磋那首《列子·御风》的。

当他再把发烫的额头贴在冰凉的镜子上时，他看到门打开，正在哪家饭店里"跳堂会"的红路回来了，日光灯下她的面容兴奋憔悴。她疲乏地一下子坐到了沙发上，但她的神情，像一枚胜利的号角，正等待徐白来吹。

徐白依旧把他的额头贴在镜子上，他就这样看着镜子中的仿佛又深又远的妻子。他看见她抽出一叠钱，啪啪啪地打着另一只手心，叫道："老公，快来数数，一个晚上，我赚了一千。"

徐白还是没有回过头来，他从来也不让任何人发现他在恶心。然而他却不由自主地打了一个寒战——便笑着说："还记得我第一次和你约会，说了一句让你拍案叫绝的话，是什么？"

红路伸直舞蹈演员的颀长的四肢，说："你可真是，孩子都那么大了，情商还那么高，怎么智商没见长呢？"

"我说，真正的生活是从夜晚开始的。"

红路笑了起来，说："我想起来了，你那时比现在可是要矫情的，还挑一个月上柳梢头人约黄昏后的时辰。不过那句话也不是你说的，你搬了一个什么哲人的格言。你别说，哲学家有时也说点烟火话。你看，我们歌舞团，白天吃公家的闲饭，夜里挣自己的钞票，真正的生活，可不就是从夜晚开始的！"

徐白的额头这才离开了镜子："我那时正入琴道，做人做事，还都有点操之过急，显得很。"

红路没有回答徐白的话，脸上却浮起了奇怪的笑容："徐白，我见着李子明了。今日是他画展开幕第一天，他在饭店里请客呢。哎，你知道他如今的画一幅值多少钱吗？"

李子明啊，从前剧团的美工，现在的当红画家，十多年前是徐白的情敌。他本来以为红路会为这样的相见

尴尬，但他看不出红路有一丝的芥蒂。红路真了不起，一个特权人家出来的小姐，今日已经学会了满口的市民腔，你完全可以想象成她有过一个从南方小巷子里拎着马桶出来的少女时代。

"你看，我不是说了，真正的生活是从夜晚开始的。"他补充道。

"怎么，吃醋了，老公！"红路些微地醉了。

徐白在心里说："你再给我老公老公地叫，我就要——"他不知道他就要干什么，就走进了洗手间，他不想让妻子在他的微笑变成冷笑之后看到他的脸，然而他多此一举。当他从洗手间擦了把脸出来时发现，他的妻子，已经在日光灯的照耀下，坐在沙发上睡着了。

中午，说好了是要与一个厂家的广告科长一起吃饭的。请人家吃饭的目的，当然是为了掏人家口袋里的钱。为了这一顿饭，徐白已经三天没睡好觉了。正是盛夏，徐白在心里研究着与那科长的模拟对话。什么细节他都考虑到了，就是有一点他还没吃准，他不知道该用什么方法把回扣给人家。

为这事，他还专门到二弟徐华的公司去了一趟。徐华此时正和他的白领青年男女职员们吃着盒饭，听了大哥徐白的咨询，笑得饭都要喷出来了。只见徐白一本正经地说："你们看我这样问行不行，我就说：'朋友，别看我是个弹琴的，社会上什么规矩不懂？你自己报个价吧，我徐白绝不含糊，全部现钞，不要你一个字的收条，这下你该放心了吧？'"

徐华连连摇手："这哪里行啊！又不是旧社会里的青红帮。就是黑社会，也还讲一个契口暗号——脸红什么，精神焕发；怎么又黄了，防冷涂的蜡。你一定得给他钱，可是你一定不能说给他钱——"

"那不是搞艺术了吗？又得有主题，又得不直说那主题——"

"正是。大哥，眼下我经商，还真是经出艺术来了。比如说给钱，这是一门基本功，入门得学会。我当经理的也就不说了，留着让他们具体干活儿的人说吧。"

一个发型当中分开像抗日战争时期汉奸模样的小伙子就接口："那还不简单，你就勾勾小指头问：'朋友，扣儿多少？我们心里好有一个数。'"

"那倒也不难，我豁出去说就是。但不知对方会不会以为我在说衣服上的扣子，你们又不是不知道，我们

杭州人一向是把扣子叫作扣儿的——"

　　大家便都又大笑，那中分头小伙子说："大哥你真是不领世面，只要是关于钱的，什么样的代号人家不知道？色色清爽。"

　　另一个女强人模样的姑娘就打断了小伙子的话说："色色清爽也不行，那不是和徐白大哥开头说的差不多了。你说，像琴馆这样的事情，谁愿意投资，不要说别人，我有钱我也不投。"

　　徐华看看徐白的脸，知道此话重矣，连忙打圆场说："萝卜青菜，各有所爱。你不愿意投，有人还就是愿意投呢！"

　　"我要说的正是这个啊！人家愿意投的，不是指望那琴馆生出钱来，而是指望着琴馆满足他们的精神呢。但凡人的钱多了，便想着要铺路架桥，买名声，附庸风雅了。所以你们看日本人有钱了，就去买那梵·高的《向日葵》油画，这是个档次问题。有一天我钱多得烧包，我也附庸风雅，我也要那档次——"

　　"那你就附我好了，中国的乐器中，再没有比琴更雅的了。"徐白连忙见缝插针。

　　"还是呀，所以你的雅，就是你的钱，你的潜在资产。你要成功，丢了你的雅，你还有什么？你现在又是朋友啊，又是扣儿啊，满口的江湖话，弄得和黑道上人一样，可又弄不到位，真正就是一个不三不四。邯郸学步，到末了，别说琴馆，你连琴都不会弹了，你还靠什么安身立命。大哥，你说是也不是？"

这小女子的一番话，简直就把徐白说出了一身的冷汗。徐白就对徐华说："二弟，你这个小公司，可都是藏龙卧虎之人，如此精辟，入木三分，不怕不成。"

徐华得意地说："你道这位小姐何许人也，吾徐某人校友，专攻国际贸易的硕士生，暑假里来实习写论文的。你叫她小燕就是。"

那小燕就摇手作潇洒状："什么实习写论文，不就挣钱当打工妹吗！和大哥一样，想要钱又不能直说罢了。"

徐白心里想着自己的那档子事，就问："小燕，你分析了半天，问题倒是给你分析出来了，那解决问题的办法，你倒是给我出一个啊！"

小燕就大笑起来，说："西人有言，沉默是金；杭州人有句老话，叫作闷声不响是个贼，道理都是一样的。既然说不好那个钱字，不说就是。只把那钱往信封里一塞，放在包里，包的拉链要打开，再把那包放在桌

上。一边吃饭，一边嘴里侃着那艺术，一边眼里看着那信封——也就是钱，那可真是两个文明一起抓。谈完了往回走之前道一声珍重，握一握手，信封就到了人家手里。还说个什么钱字？徐华师兄，你说是也不是？"

徐华倒还没来得及说是，这边徐白已经一串的是是是了。不过是完了之后，徐白又生出了疑惑："小燕，有一事我还是吃不准。你刚才说了，投钱给我们的，不过为了附庸风雅。既然风雅，还要什么信封，还要什么信封里的钱，全都省下来给我们办了琴馆，岂不更好？"

这下轮到了徐华来开导徐白："大哥你要在今天这个社会上办事，什么样的想法都可以有，你刚才的那个想法可是万万不能有。我们都是唯物主义者嘛，我们都知道物质第一性精神第二性嘛。现在我来补充我小燕师妹的有关附庸风雅的观点。世界上从来也没有无缘无故的风雅，人家之所以要来附庸风雅，说到底，还是要附那风雅后面的东西。且记住一条徐氏真理——在任何事物的后面，都藏着利益的影子，关键在于你能否看清它。"

这条徐氏真理算是显出徐华的档次来了，众人便都因为真理的深刻而一时默默无言。徐白被他的小弟弟小妹妹洗了一番脑子出来，手心脚心就都是冷汗。徐华把徐白送到门口，突然神情有些异样，他们兄弟之间，都是生性细腻之人，徐白就觉出徐华有话跟他说，便站住了，把话说在前头："我看这个小燕倒是对你的事情很上心。"

"你看她怎么样？"徐华连忙抓住这机会问。

"我能看出什么来？我们这种弹琴人家，眼里有几个知音？"

"我知道你是说她不古典，日后怕是长不了，是不是？"

"什么古典不古典，你嫂子就古典了？"徐白怕徐华说出大白话来，连忙拿红路来当了挡箭牌。

"就是，"徐华这才兴奋起来，"我的奋斗目标是已经定下来了，我们家太穷，全是让那琴闹的。你看父亲、你，还有那个傻二哥，都穷成什么样了？所以我发誓经过几年奋斗，争取下一个世纪初进入中产阶级。小燕能帮我的大忙，我们俩在这个问题上已经达成了共识。"

"居家过日子，到底不是合伙办公司哪！"徐白想了想，还是得那么提醒二弟一句。

"管他的，先把钱赚起来再说，将来有一天过不下去了再分手就是。这个问题，我们俩也已经达成了共识。"

"什么？你们连这也能共识？"徐白不大相信自己的耳朵。

"好，不说这个，说这个你不懂。我还得告诉你，我和小燕正在筹备办一个茶楼。"

"你们也附庸风雅了？"

"我们可不是附庸风雅，我们可是一切向钱看的。不过我答应你，一个星期可以给你一个晚上的赚钱机会。周六夜里，你可以到我的茶楼来弹琴。我给你一百块钱的工钱，其余的小费，多多少少，全归你。你看怎么样？"

徐白突然脸红了，他想放下脸来说些什么——突然想到他的琴社至今还差最后一块建琴馆的缺口了。挣一点是一点，总比到处要饭化缘来得强啊！这么想着，他抬起头来笑笑说："难为你一片心，不过真要来，也得是我们琴社来。另外，我得和父亲商量一下，他毕竟是琴社的名誉社长嘛。"

"好啊，"徐华伸了个懒腰，如释重负，"不过我这里可是说定了。广告词上还要把你们琴社推出去呢，你们出了名，我们得了利。我们的背后，各自就都有利益的影子了。我的徐氏真理，没有错吧？"

徐白重新回到大日头的马路上走，竟也不知道热了，反觉得透心里的凉。那种恶心的感觉又上来了。他不明白自己怎么会变成了这样一个人——他附庸风雅，装疯卖傻，故作浅薄，倚门卖笑——是个什么东西！想到痛处，他竟然狠狠砸了一下自己的脑袋。这一砸，他突然又急出了一身的冷汗，他想起来了，务了半天的虚，他竟然忘记了问，在那信封里面，到底该放多少钱啊……

　　与此同时，徐白发现，李子明开始重新出现在他们的生活之中。当然，凡事都有一个循序渐进的过程。直到目前为止，他的出现，都还仅仅体现在红路的口头上。"子明答应给我引荐一个热爱文化事业的大老板……子明的画展，你去不去？你不去我可是要去了，我可是作为嘉宾去剪彩的，不去不行……子明说了，他给我画几幅画卖了，钱全给我，作我的专场演出费；子明说——"红路不说了，小心翼翼地看着丈夫，"你真的不吃醋？"

　　"不吃——"徐白拍拍红路的肩，"你堂堂一个舞蹈学校高材生，总不至于跳一辈子堂会，再说，再过几年，你想跳也跳不动了。"

徐白和李子明从前为争红路，是有过好长一段时间的你死我活的。有一度红路差一点就要被李子明挖了过去。如今徐白看似落魄，却有此涵量，红路的眼泪就流出来了，哽咽地说："我现在都快要跳不动了。你看，我把孩子都送到外婆家去了，我就是想搞一个专场，也算是体面地告别舞台——"

徐白看着妻子流泪了，就想起了从前，杨柳岸晓风残月之夜，心就软了，拉了妻子的手说："你平时最相信那些报纸杂志，那上面不是都说了，人有生理年龄、心理年龄，我看你的心理年龄还在十八岁。再说你体型也都还在——"

"——体型在有什么用？美貌不在了，你看我眼角的皱纹——"

"好了好了，美貌也在。我和你在街上走，我的熟人还以为我和我的女儿在一起走呢！"

这才把女人说笑了，说："不和你胡说，好些天没到湖边去走走了，今晚回家看你爸爸去。"

徐白父亲徐韵生家，久居平湖秋月。说来也是一个巧了，房子离从前的照胆台不远，照胆台方丈大休法师乃清末浙派大琴家。徐家祖上是拜法师学琴的，诚惶诚恐，行弟子礼，竟把家也搬到近琴家处，也算是一番痴缘了。如今家道虽已中落得不能够再中落了，倒还留下数张古琴，几间旧屋。所幸清风朗月不用钱买，开门拜月，放眼湖天，也是个涤烦洗尘之处。故而从前徐白虽已久居城中，三日两头，总还不忘回去的，竟还是这半年来几乎没有回家了。

红路对徐家，一直就是敬而不亲的。不过礼数上做得总是好，尤其是徐白的母亲去世之后。今日仲夏夜，和丈夫一起，到湖边去走走，也是调节身心，故而一开始红路和徐白的心情都和夜风一样舒坦。走着走着，却平地陡起风波，竟弄得个不欢而散。

说起来，弄得他们夫妻半路翻脸的原因，竟然是从青萍之末而起的。原来夫妻两个挽着手儿正好好走着，横刺里杀出一个老头，一把拦住徐白、红路，就用一口外省话说："大哥大姐，我已经在这里求了一天了。我要到温州去，昨日在火车站让人偷了钱包。我就差三块二毛八分钱买一张汽车票，就差三块多钱。我一分也不要多的，我就差三块多了，你们行行好帮我一把吧！我已经在这里求了一天了——"

徐白犹疑地就停在了一株柳树下，一群红男绿女肩

上拂过柳枝，从他身边穿过。徐白下意识地就把手伸到口袋里去了，他知道，口袋里有一张五块钱。

昏暗中红路正在跟他说着她的艺术构思呢，亏她的反应力，立刻就从艺术跳到了钞票，一把拖住徐白就走，且走且说："你没看报纸上怎么告诫我们别上这些人的当的？他们可是变着法子要钱呢！快走。"

徐白还没来得及再说什么，就被妻子拉上走了。谁知那老头眼尖，已经在徐白的那一刹的犹疑中发现了机会，他就像一个穷追不舍的恋人一样逼住了徐白，给这对夫妻来了一个围追堵截："大哥，大哥，大哥你行行好，我真不要多的，我就要三块多钱，够我上汽车就行。我已经一天没吃东西了。我们乡下人，从外地来，人生地不熟，我是去温州的，晚上还不知住哪里呢。大哥，大哥你行行好——"现在他已经放弃了大姐，他就死盯住了徐白这位大哥。

徐白再一次站住了，这一次他从口袋里掏出了那五块钱。但是那钱还没到老头手里，已经被红路一把截住。红路大叫一声："你走开！我们没有钱，有钱也不给你，你找派出所去。"

老头几乎要扑到徐白身上来了，他摇着徐白的手臂哀求道："大哥，我真的不是骗子，我真的不是骗子，我真的就是差那么三块多钱——"

"别演得和真的一样，上你们这些人的当还少吗？走开——"

红路一声大吼，立刻引起了周围一片共鸣——就是，这帮骗子，现在什么事情做不出来！为了钱，叫他们吃屎他们也干，走开，走开，寻死啊，走开——

徐白就在这一片声讨中被红路拖着杀出重围。他再一次回过头去时，还能在玉兰灯下看到那老人的呆站着的身影。他好像一直在凝视着徐白，他好像看到徐白回过头来，他好像还往前冲了一步，然后，他站住了，他没有再向徐白走来。

红路松了口气，重新挽起徐白的手，笑笑说："这些盲流，哪儿都有他们的影子，真正是污染环境。"

徐白看着红路在路灯下的惨白的笑容，他想，真奇怪，我怎么从来也没有想到，红路是有这样的笑容的。

红路已经开始继续她的舞蹈构思——

"我想在舞台上摆一个大月亮，我要在月亮里外，在受着月亮的制约下，以一种带着镣铐的舞蹈精神，来创造我的独特的舞蹈语汇。你觉得怎么样？"她小鸟依

人般地歪着头看他，他也看着她，想：女人，真厉害。

"我还想，这个舞蹈，就叫平湖秋月，用你专门为我创作的琴声伴奏。我不要任何乐器，只要一把古琴。我想让你穿着长衫，像那拉二胡的阿炳一样——"

"——别别别，"徐白说，"你又不是不知道，古琴不是古筝，弄不来《战台风》什么的。"

红路显然是愣住了，她没有思想准备，她早就想好了那个穿长衫的丈夫坐在舞台右下角时的情景，灯光只给他打出一点轮廓，他看上去相当神秘，忽隐忽现。而她，灯光始终追着她，她在前台，被光追得无处躲藏。她是一切，而伴奏，听上去可有可无——

"那你不能把古琴换成古筝？从前你在剧团时，不是弹的古筝？"她突然建议。

"古筝也好，古琴也好，不是剧团都不需要了吗？"徐白显然是在有意地回避这个话题。

他的用意让红路看出来了，她就突然地焦灼起来，数落说："那还不是你自己要精简的。你这个人，真是不学好。常言道，人往高处走，水往低处流。你呢，大学毕业分到剧团，那是让你当编剧的，你偏不当，偏要到乐队。还算你有家学渊源，会弹琴，让你弹古筝吧，你不好好弹，非得弹你们徐家的那个古琴，最后弄得不三不四。不三不四也罢，你好歹是个有文凭的，再精简也精简不到你那里，你倒好，自己要求精简了。精简了也罢，李子明也是精简的，如今一幅画卖多少钱？真是置之死地而后生。你呢，弄到个博物馆去，清汤寡水不说，连工资如今也发不出来了。工资发不出来也罢，我知道你是个异人，不可与俗人同日而语的，我养你也无妨的，你却偏要去弄一个什么琴馆——"

"——一个什么琴馆弄成了也罢，"徐白一下子接了红路的话，"也算是异人做了一件异事，偏偏弄不来一个大钱。弄不来一个大钱也罢，偏偏又要打肿了脸充胖子，领导群众那里去吹——我的同学某某某多么多么有钱，多么多么崇拜我的古琴艺术，将来开了馆会来多少多少学生，收多少多少美元。却不知人家当面噢噢噢地应着，背后都笑你痴。单单笑你痴也就罢了，还有那些鸡，见一只鹰果然飞得比他们低了，便以为那鹰也是尔等同辈，讥道——这江湖骗子想钱也是想疯了。没头的苍蝇乱撞，撞到什么古琴上去了，古琴又不是什么千年古尸，能弄到什么大钱！你们万万不可上他的当，小心了血本无归。他们倒是也没说错，谁给琴馆投了钱，

谁可不就血本无归了！艺术本来就是无价的，在强权、金钱和一切乌龟王八、牛鬼蛇神束手无策坐以待毙之处，艺术方才体现她的全部生命力。艺术是什么，艺术就是无价之宝，就是一切强权、金钱、乌龟王八、牛鬼蛇神的死敌。艺术不是什么！不是你在前面弄个假月亮装神弄鬼还让我在后面帮衬。你疯了，亏你想得出让我穿长衫陪你跳半裸舞——"

"你、你你、你才疯了——"红路结巴起来，她从未发现，一旦徐白后发制人起来，会那么厉害，"你要想给那老头钱，你只管给，你这白痴！"她把五块钱就扔了出去。

钱掉到了地上，这还是一张中间已经有了一道裂缝的人民币，徐白捡了起来，说："我就是想给他，我给他就是给我自己，我就是他。"

他一扭头就走了，把红路扔在了湖边。

徐白独自到了父亲家里，父亲却并不像他想象的那么冷寂，他正在与琴友一起制琴，上身穿了一件汗衫。房间小，客厅就是饭堂，旧八仙桌上放着尚未收去的晚餐，桌角放着两杯茶盏。日光灯照得房间毫无韵味，家中也没有空调，电风扇呼呼呼地吹着。徐韵生和那琴友聊着呢，那琴友还是从山东专程赶来的。

见着大儿子，徐韵生很高兴，指着茶几上放着的一段琴木问："徐白你看这块料如何？"

徐白仔细取了看，说："这是块杉木料，怕是有上百年了吧？"

那山东琴友就伸出大拇指道："徐大公子好眼力。这是从我家祠堂上拆下来的一根杉木大梁上取的材，心里觉得好，又怕吃不准，特意从山东赶了来请徐老先生过过目，没想到竟得着浙派琴师如此厚爱，不知会制作出怎么样的一把好琴呢。"

"你放心，我父亲的制琴，也是江南一绝的。人家港台地区的琴家来这，凡进杭州，没有一个不到这间破屋子来拜见老人家的呢！"徐白说，他是想让老人家听了高兴。

徐老先生听了，摇摇手说："斯是陋室，唯吾德馨。"徐白知道，父亲还是高兴的了。

琴友又道："老先生既已送佛，不妨送到西天，劳神为这把琴取一名如何？"

"我看你既是从齐鲁而来，就合了孔夫子诗书礼乐

平湖秋月

021

的神韵，不妨取了琴名为'仲尼'吧。"徐老先生想了想，说。

那山东琴友就站了起来，深深作一揖，道了四个字："高山流水。"

正那么说着，徐白就见大弟徐元进来收拾碗筷，一点声音也没有。见了徐白也不说话，只是抬起头来看着他。徐老先生就说："徐元见了徐白就高兴，他想你呢。"

徐白过去帮着大弟收拾桌子，一边问："近日厂里可忙？"

徐元在厂里也就是一个仓库保管员，他们厂有几年都不景气了，徐白也是找点开场白说罢了。

徐元轻轻一笑说："忙。"就没有二话了。他是个瘦子，长脖子，小小的脑袋，年纪比徐白小几岁，却已经开始脱发，甚至开始脱牙齿了。他一笑，眼角就堆起了皱纹，可是一露嘴，又像是一个正在换牙的小孩子。如果他不是神情举止上有些木讷，看他的样子，和风华正茂的二弟徐华实在是很相像的呢。

徐白帮着他把碗筷收拾进厨房，然后就亲热地撸撸他的肩，徐元却侧过头去听什么。房中传来琴声，徐元突然说："其病在骨。"徐白也侧耳听，果然，声音沉闷不堪。俄顷，又换琴声，发音喑哑。徐白再拍徐元的背，徐元皱着眉头想了想，说："其病在肉。"徐白说："徐元，你比我们都会活得好，你能听天籁之声。"

徐元就得意地摇摇脑袋笑了起来，然后开始放水洗碗。他穿着一件旧背心，背上淌着汗，他的目光单纯，凝视着水。突然他伸出手指，让清凉的水冲击，多皱的脸上，就有一种圣婴般的神情。然后他把徐白的手拉到水柱下让水冲击，脸上流露出一种发现了什么的极大的快乐。徐白知道，徐元是要他和他一样感受水，他每天都在发现司空见惯的奇迹。徐白就说："徐元，我告诉你一件不得了的事情，我犯病了。"

徐元沉浸在水里，几乎连头也没有抬，徐白就继续说："我犯病了，今天中午犯病了。你不知道我给那科长打了多少传呼，为了什么，就为了说好了要请他吃饭，吃饭的钱还是我自己从红路的抽屉里悄悄拿的。可是直到十二点半钟，我还收不到他回电话。你说我该怎么办？我是管自己去填肚子，还是穷追不舍盯下去？你想我都倚门卖笑卖到这个份上了，我再半途而废我岂不是也太冤枉！因此我终于七撞八颠打上门去了。我到了厂里，人家告诉我科长在小饭厅里请客呢。我听了

头就像蜜蜂一样嗡嗡嗡地响起来。我告诉你，一分也不夸张，我看着表呢，我在包厢门口足足来回走了有二十分钟。我头昏脑涨，直想吐。我又下不了决心进去找那个科长——我突然把这个从来没有见到过的人给痛恨得要死。我想我一看到他就要摆出平日里最高傲的神情，我要让我的清高吓羞他，震撼他，让他那张酒气熏天的脸一下子因为失约、因为轻视我而凝固在尴尬上。然后我要说：'对不起先生，我到这里来没有别的目的，仅仅是要通知你，我不需要你这一笔小小的恩惠了。我们现在已经相当有钱了，我们的风雅行情见涨，成了抢手货。祝你胃口好。'然后，我就扬长而去——"

徐元小心地用手摸了摸他的额头："你犯病了？"

"我犯病了，就在那二十分钟里犯的病。我心里一边把那科长骂得狗血喷头，我一边悄悄地把那信封取了出来捏在手上，你知道吗，那信封里面有钱。然后，我叫服务员把那该死的家伙给我叫出来。一会儿，出来一个穿花衬衫的家伙，看上去只有我的一半年龄大。谁知我是怎么样地一下子把自己给逼良为了娼。我突然热情洋溢地扑了过去，我一把拉住那花衬衫的手。

他妈的，我还是用两只手拉住他的，好像他是久旱后的甘霖，他是雪里的火炭，他是梦中的情人。然后我说：'真是太不好意思了，太感谢你们了，你们真是我们艺术家的知音。你看科长你正在吃饭，我把你叫出来，不好意思，不好意思。不过你既已经出来，这顿饭就该是我接着请了，走走走，我们现在就到新世界去——'那花衬衫一开始倒也由我拉着谄媚，看我要把他拉走才说：'我不是科长，科长太忙了。我们厂也穷，正在请银行方面的人吃饭，想要他们的贷款呢。'这么说着，他就进去了。他就……进去了……"

徐元愣愣地看着大哥，徐白也看着徐元，看着看着，嘴唇就抖了起来："这时候，我就犯病了，我哇了一下子就吐开了。你知道我忍了多少天没吐没吐，我今日中午一下子就吐了出来，把那信封吐得一塌糊涂。"说到这里，徐白一头就扎在自来水龙头下，他实在不知道还能往下说什么。

当他抬起头来时，徐元正拿着一块干毛巾。他要接过来擦头发，徐元不让，自己一下一下地给他的大哥擦着头发，一边擦，一边说："其病在肉。"

徐白笑了，说："你是说我还有救啊，要是病到骨头里，那可就真完了。"他从口袋里掏出那张五块钱，

说："徐元，我给你五块钱，要不要？"

徐元接过钱，也笑了，说："要。"

那天半夜里，徐白做了一个奇怪的梦，在一个黑暗的地方，他看见一个没有面容的背影，一言不发。他绕着他走来走去，怎么也看不到他的脸。好半天，他突然歇斯底里地吼了起来："你到底要多少钱？"

他刚刚叫完，铃声大作，把他从梦里唤醒，然后，他听见红路说："快快，徐白，徐华的电话。"

徐华在电话里告诉他，父亲犯心脏病了，已经送进了医院。徐白不相信地问："这是怎么回事，我晚上还在他那里，他不是好着吗？"

"你知道什么，徐元下岗了。爸爸刚听说就犯了病。"

"怎么下岗了，他说他厂里忙着呢！他也会骗人？"

徐华迭叫着："啊呀大哥，人家说徐元傻那是人家不了解徐元，他什么时候傻过？他都已经一个月没上班了，天天在外面逛到下班才回家，就为了瞒着我们的老父亲呢！"

"那，那那——"

"那什么，明天你和徐元都到我的茶楼来，我们商量一个给他吃饭的办法。你现在就到医院来替我，我还得到茶楼去呢。小燕一个人顶着，她也吃不消了。"

徐白搁下电话就套鞋子，红路说："徐白明天我也和你一起去茶楼，我也能帮上一点忙的。"

黑暗中也看不到红路的表情。徐白一时愣在那里，他们吵了那么厉害的一架，那是结婚多年都没有过的事情——还不知道怎么和解呢。红路坐在床上，刚好就抱住了徐白的腰，说："徐白，我给你打听过了，有一家公司老板，特别喜欢李子明的画，我把子明的画让给你，你去找他，他给你一万两万的，绝对没有问题，你不就是还差这一两万吗！"

徐白拉开她的手说："不要。"

"你放心，不花钱，我也能搞舞蹈专场。"

徐白坐在床沿上，摸摸红路的头说："嫁给我，贫贱夫妻百事哀，不后悔吧？"

"谁说我们贫贱了。"红路也开始穿衣服，"走，我和你一起去医院。不就是下个岗，犯个心脏病嘛！有什么了不起的。"

徐华拟开的茶楼，紧挨着湖，楼上还有个阳台。临

窗眺湖，虽没有上下天光一碧万顷的气势，却也说得上是心旷神怡的了。徐氏三兄弟，加上红路、小燕，一行五人坐在尚未修整完毕的客座上，七嘴八舌地议论着。夏日阳光隔在一窗之外，给他们光明却不给他们灼热，昨夜的不安，便似乎被光明烊化了。

红路最兴奋，她连坐都坐不住，以一种舞蹈家的步伐在那个大茶厅里跳跃着，指着右上方一块空地说："这不是一个小舞台吗？"

小燕说："这是供茶道表演用的。不过我和徐华商量了一下，觉得光用来茶道也未免可惜。人家看你把一杯茶倒出那么些花样来也未必感兴趣，无非附庸风雅罢了，倒还不如用来多功能开发。"

徐白听了就兴致勃勃地补充："这个主意好。我看那上面可以开小型的室内音乐会，可以说书，可以评弹，可以搞小剧场话剧演出——"

"——越剧清唱也可以的。还可以服装表演，还可以伴舞。"红路突发奇想，"我看我的独舞专场也可以放在这里——"她一个腾跃，竟然就上了那未来的小舞台，一个圈，又一个圈，又一个圈，然后，一个奇美无比的造型，定格。下面，徐华和小燕就使劲鼓起掌来。

徐白一时就张口结舌，不知说什么。红路接的还是他的口令，他不知道事情从哪里就不知不觉转了一个弯。他想，伴舞和说书，到底有什么区别呢？

"大哥，你那个琴社弹琴，也放在上面，怎么样？"

"那当然，那当然，那当然。"徐白连连点着头，他的《列子·御风》，到底是要和半裸体舞放在一起了。

这么想着，他就朝着徐元看，徐元却不见了。徐华说："我知道你担心徐元，你不用担心。我今天早上已经跟爸爸保证过了，爸爸的心脏病原本也不重，无非心里窝着徐元的事情。徐元的事情，就包在我身上了。"他啪啪地两下手掌暗号——芝麻开门——从门里走出来的可不是金银财宝，只见小燕推出了一个白帽白围裙的厨师模样的人，不是徐元，又是何人。

徐元还是微微地笑着，人们一般把这样的笑容，称之为傻笑，但徐元却从来没有傻笑过。他似乎很不好意思地搓着手，他的手指细长清洁，是徐家遗传的特有的手，是造化专门鬼斧神工优化出来的琴家的手呢。

"徐元，你要干什么？"徐白吃惊地看着他，又对徐华说，"他可学不会当厨师。"

"洗碗。"徐元突然说。

"洗碗？"徐白瞪着徐华，"你让他洗碗？"

"那你说让他干什么？"徐华有些咄咄逼人地反问。

徐白愣了一下，才说："我本来想让他到我们琴社来专门修琴的，不过那要到琴馆建起来以后。"

"琴馆建起来也不行，"红路立刻反驳丈夫，"天底下有几个人弹古琴，听古琴的？连京剧越剧都没人听了呢！那不是卡拉OK自娱自乐的事情，那是花钱，不是挣钱。我说还是洗碗好，也算是一份工作嘛。"

徐白不跟妻子说什么了，妻子没有和他共同度过童年，不知道十岁之前的徐元是怎么样的。当初，父亲在三个儿子中，真正选中做了传人的并不是徐白，而是徐元。徐元是通天籁的人儿啊！他走到徐元面前，看着徐元的眼睛，问："徐元，你愿意洗碗吗？"

徐元就看着徐白，徐白就看见了一双幽深的目光，他暗暗地吃了一惊，却见徐元用力地点点头，说："洗碗。"

小燕就笑了，说："徐华，你还说徐元有病，我看他一点病也没有的，他肯定会是一个劳动模范。"

这么说着，这个人精儿就朝徐华挤挤眼睛。徐华一拍脑袋，说："啊呀，我可是差点忘了一件大事。开这个茶楼，还差工商局一个至关重要的章呢。我打听了，那管章的人什么都不吃，就是吃李子明的荷花。这个忙，嫂子你可是不帮不行的。"

"怎么这个李子明成了这么抢手的货，可真想不到。"红路感慨一声道。

"要想到了，你就是李家的嫂子了，还会坐在这里和我们喝茶？！"徐白就开玩笑似地说，他到底是个要面子的人。

小燕却说了："那倒也不一定的。再好的东西，成了显学，就是二流。好比我们学校里，那专心做学问的，从不在社会上显摆，才是学校的心尖子，今后的栋梁材。像我们这样的人，二三流的水平，便到社会上来混了，别看走到哪里人家夸到哪里，到底成不了大气候的，大哥你说是不是？"

徐白心想小燕这个丫头真正是了不得，他没说的话，倒叫她先说到头里了。

李子明在自己的新居里接待了徐白，他对这个昔日的情敌十分地看重。原本说好了是红路自己到他那里去取画的。一听说要画的主儿换成了徐白，李子明就要红路去对徐白说，让他亲自到他这里来一趟。红路说：

"子明，我看你也戏太过了。你再是一个大画家，我们眼里，也是从前田垄里一起耕地过来的。那时候我们也是都说过'苟富贵，莫相忘'的。如今你发了，就这样挤对徐白，他再落魄，也是我丈夫呢！"

李子明就打哈哈说："红路你从前何等地温情脉脉，如今也是一个凤辣子般的人物，这个社会啊！我跟你说你可别误会，我是想着我这位弹琴的弟兄哥儿呢。他是高人，从前听他的琴，多少诗情画意，如今也不知还弹不弹呢！"

红路知道，李子明眼下也是个人物了，不像从前，桌子摊开就命令——李子明你给不给我画，你不给我画今天中午我就不给你带饭。看样子他是非要徐白求上门去不可了。只有红路知道，徐白看上去谦卑，骨子里山林气十足，眼界高心气也高，就是李子明求上门来，他徐白也未必给弹呢，何况如今是要徐白夹着琴上门。

没想到徐白听了红路的传达，一咬牙说："我去。"

"你可想好了，以后别后悔了再和我吵架。"红路说。

"要后悔，我也不等到今天了。我这是工作，和请那科长吃饭一样的性质。"这么说着，就去开那琴囊，一边自言自语："琴哪，咱们回去吧，这里没有甲鱼吃啊；琴啊，咱们回去吧，这里没有轿车坐啊……"说得红路笑了起来。这段春秋战国的掌故原本说的是孟尝君的门客弹着铗要鱼要车，徐白把它给新编了一下，却也幽默。倒是徐白没有笑，长吁一口气，把琴夹在腋下，就出了门。

数年不见，徐李二人，瘦的更瘦，胖的更胖。如今的李子明，已经是一个大腹便便的福将了。其人身材虽矮，但中气十足，倒是像煞一只倒扣的铜钟，走到哪里，都有一种威风凛凛的将军气。见着徐白，却是明白人，知道这人的分量，便双手作揖道："三生有幸，三生有幸。从前在剧团时，我眼里就你一个人。承蒙徐君厚爱，今日亲自夹琴而来。你要我的画，咳一声便是，哪里还要那么些的礼数。"

徐白便笑着坐下说："子明，你就不要在我这里装腔作势，你这点心思，我还不知道。我们两个也是拗手筋骨拗到今日了，你不就是要我来服了你吗？昔日成连引伯牙至蓬莱山，但见山林邃暝，群鸟悲号，伯牙怆然而叹曰：'先生将移我情。'乃援琴而弹《水仙操》，从此成连服了伯牙。今日子明兄也将移我情，但不知又是谁移得过谁呢？"

"你看你看，你这人说话就是入木三分。"李子明就给徐白倒茶，"红路都叫你给移情移走了，你还不让我有一点儿耿耿于怀，你也太不肯吃亏了吧？"

徐白品了一口茶说："你这话倒是说得有几分真性情。"

"好了，停止攻击。从前我的画你是幅幅要评点的，我这是等着你再给我指教一番呢。"李子明这就要去取画册，被徐白一只手挡了，说："行了，行了，我可是不打无准备之仗的。你送给红路的那些画册，还不都是我在读？我若不读了你的画，我还会来见你？"

"那你说你说，我只听你的，你可不要客气。我如今人家的话也不大听得进去，只想听听你的。"

徐白闭目想了一想，把茶杯放在茶几上，说："不说真话也是对不起你了，你的功底这几年是实实在在地见长，工笔、写意、泼墨，倒是经得起我这样一个挑剔的人的眼睛了——"

"过奖，过奖，过奖。"李子明听得额上汗水都渗了出来，他知道徐白一旦说真话，嘴里就没几句好的了。

"说到意嘛，意境无涯，天机不可泄。"

李子明就说："你不说我也知道，你是和从前一样，以为我的东西是俗了，太迎合了，红尘气太重了。"

"这话我可没有说。"徐白笑了。

李子明也不勉强，只是说："徐白，你也是变了，莫非我这几张荷花就把你给打倒了？人家被打倒我倒也是相信的，他们只知道画值钱，哪里知道其中真意。你却从来不是人云亦云之辈。你若不肯直说，也是利在其中作怪了。"

徐白便把琴囊打开了，一边说："哪怕你那么刺我，也不伤我的自尊心。况且你也是说对了，我就想要你那几张荷花，为的是我的那个琴馆。琴自伏羲制作而来，有瓠巴、师文、师襄、成连、伯牙、方子春、钟子期。至近代，从前各省琴家总有琴主，梅庵派有王宾鲁，山林派有李子昭，九嶷派有杨宗稷，广陵派有张益昌，虞山派有查镇湖，他们无一不是惨淡经营，方才把这五千余年的遗韵发扬光大至今。其中浙派古琴，又是诸琴派中大音之声。你没听北宋琴家在《论琴》中是怎么说的：京师过于刚劲，江南失于轻浮，唯两浙质而不野，文而不史。吾即两浙琴家传人，如今便是要轮到我了。古琴到得我们手中，不能连个置琴的地方都没有。我便是为此衣衫褴褛，活得像那个武训一般，也是值得。佛家如此清静无为，地藏王还知道说'我不下地

平湖秋月

035

狱，谁下地狱'呢。"徐白看看李子明，见他张口结舌出了神的样子，便说："好了，你想听什么，我这就给你弹。"

李子明这才恍然大悟，连连摆手："徐白兄不鸣则已，一鸣惊人。说的虽是琴道，却字字与画道相关。徐白兄愿意弹琴，那是我的造化，千万不可勉强。别人是不是地狱我不知道，反正我这里肯定不会是地狱的。"

"我今日既来了，是我自己愿意弹的琴，也不管你听还是不听的。你要听什么都可以，我这就开始了。"

说着，屏心静气，闭目养神片刻，却弹了一曲《拘幽十操》。当年南宋钱塘人汪水云，常以善琴出入宫中。后南宋国破，他随三宫北上燕都，文天祥被押，他为之作此曲，专门去狱中，为其弹奏。其中亡国之痛，忠臣死节，尽在其中。一曲弹罢，见李子明怔怔坐着不发一言，半晌方说："先生将移我情。"

徐白道："从前伯牙鼓琴，志在高山，钟子期曰：善哉，峨峨兮若泰山；须臾，志在流水。子期曰：善哉，洋洋兮若流水。不知今日我徐白鼓琴，移李君何情啊！"

李子明又闭了半日目，有些疑惑地说："似有出世之乐。"

徐白一声长叹，起身取琴囊套琴，一边说："琴曲有畅，有操，有引，有弄。其中忧愁而作，命之曰操，志在穷则独善其身而不失其操。古曲有十二操，曰将归操、猗兰操、龟山操、越裳操、拘幽操、岐山操、履霜操、朝飞操、别鹤操、残形操、水仙操、襄陵操。我今日所弹，正是其中之五，国破家亡，离乱忧愤，与你李大画家所解琴意，相去天壤之别啊。"

徐白背上琴囊要走，见李子明脸红地送他到门口，说："徐白你今日好比又抢了我一回情人。不过三年以后我与你约了，你再来读我的画，到那时我们再见分晓。"

徐白说："有你这句话，我这次哪怕取不到你一幅画，也是值了。"

李子明连忙摆手："看你说到哪里去了，我这一回必得认认真真替你画两张的。从你这里出手的东西，一定要拿得出去。我知你刚才在我画室里眼睛扫了一圈，也没一张真正看上的，所以现成的我就不送了。我替你专门画了裱好，送上门去，你看这样够不够意思？"

徐白一手扶了门把，一手托着琴，听了此言，半晌没说话，嘴唇都抖了起来，眼眶都湿了。大天白日的，两个男人突然间动了真情，彼此都不好意思，特

别是徐白，他连头都不敢再回，摇了摇手，就一头的风尘，走了。

从李子明家出来，徐白就直奔了医院，接父亲徐韵生出院。到了那里，正是中午。徐韵生早已收拾了东西，见了大儿子一头的汗，便说："还没吃饭吧，我这里有康师傅面，刚刚泡好的。"

徐白二话不说接过来就吃，几分钟就风卷残云般地吃了个底朝天，才舒了口气说："真是饿坏了。"

徐韵生见徐白还背着一个琴，便说："又在跑琴馆的事儿了？"

徐白眉飞色舞地说："这一次是真有着落了。李子明答应了替我画两张拿得出手的，过几天就送来。我让红路给那赞助人送去，人家答应出两万呢。我们琴馆，还不就是差这一个数了吗。"

"你也别想得那么好，琴馆开起来，不是照样要花钱吗？你再到哪里去化缘才好呢？你不愁，我都替你发愁。"

"这个你一点也不用愁的。我早已和馆长商量好了，以琴养琴。凡进来参观者，必得收门票。还有修琴，制琴，表演，都可以收钱。我们不收多，只要能维持琴馆办下去即可。"

徐韵生看着大儿子，半日方说："没想到你也越来越像徐华了。我告诉你，你们制琴，爱怎么收钱怎么收钱，我可是不开这个价的。"

徐白知道，父亲是不高兴他张口闭口钱钱钱了，便叹一口气说："我也嫌钱贱，只是今日还有多少人弹古琴？知音少，弦断有谁听？你看这满世界的噪音——前回清明节我们去墓地扫墓，不是还听着大喇叭里不停地唱'妹妹你坐船头'吗？比起来，古琴在人家耳朵里，可就是太微不足道了。"

徐韵生最不能听人家说古琴没人理会了，一听就要上火，没想到徐白也那么说，气得心脏又要发病，牙齿一咬说："知音少，知音少怕什么！当初子期死，伯牙痛世无知音，破琴绝弦，终生不再弹琴。"

徐白赔着笑脸说："爸，你看你这不是又说气话了吗？"

"我怎么是气话了？我怎么是气话了？我句句都是实在话。"徐韵生拎起他的那个小包就往医院门外走，边走边说："破琴绝弦又怎么样？大不了和徐元一样洗茶杯去。洗茶杯有什么不好？和弹琴一样，都是做人。人都做不好，还弹什么琴？"这样说着就走远了。徐白

急着拦了一辆的士，上去拉住父亲："爸，你先上来，有话好说。"

"我有什么话？有谁和我说？"徐老先生还在生气，到底还是被大儿子拖进了车里，说："爸，你是琴社社长，我们有话不找你找谁？你有话，不找我们，又找谁？"

这一番话才把老先生的气说消了一点。徐白叹了口气，头就靠在椅背上，再说不出一句话来了。

傍晚，红路回来了，高兴地对徐白说："徐白，你要的画，李子明让我带来了。"

徐白正在冲开水，听了这话，手抖了抖，说："怎么样？还行吧！"他冲完了水，就跑过来说，"我先看一看，通不通得过。"

"一会儿你到徐华那里去看吧，我今日到他的茶楼，就放在他那里了。"

徐白愣住了，想沉住气，到底也没沉住，说："你到徐华那里去干吗？"

"不是说好了用他的小舞台演出的吗？"红路倒是有点无精打采的了，靠在床头说，"徐华也是真能变，什么小舞台，我今日过去一看，一半已经隔了制成一个包厢。

他那个小燕也真是厉害，我还没开口，她就先开口了，说什么服装模特表演，还有什么舞蹈表演，踢得尘土飞扬，不适合在他们茶楼里，倒还不如你的古琴，摆在那里，显出茶楼的档次。这丫头，倒还有点眼光。"

徐白想了想，说："红路，看来这顿晚饭我是没法和你同吃了，我得到茶楼去，把画取回来。"

红路不高兴了："你这是干什么？这样气急喉头的，你这不是明明埋怨我没把画直接拿回来吗？我就不明白，在你兄弟那里放一个晚上又有什么关系？"

徐白又怕红路再生气，他实在是吃不消几方面的夹攻，便好言好语地解释："说你这个人一惯的马大哈嘛，你又不信。你还记得那天我们在茶楼里的时候，徐华是怎么问你要李子明的画的？你要不说清楚，他还以为这画是专门为他要的呢！"

红路因为在小燕那里碰了一个钉子，心里有气，就忘了前些天和徐白在湖边的那一场好吵，又开始发难了，说："要是你连我也不相信，连你的兄弟也不相信，我还有什么话好说，我也就是白为你弄那些画了。"

徐白正在倒茶呢，听到这里，突然性起，狠狠地把手里的茶杯就砸到地上。水星子飞溅，溅了两个人一

平湖秋月

041

身。红路"嘭"地一下从沙发上跳了起来，抖了半天嘴唇也说不出一句话，末了到底说出来了："亏了你还是一个弹琴的人家，竟被钱逼成了这样一个疯子。"

徐白也不和她再争什么，他也说不出一句话来，扭头就走，出了门，也不知道自己是要到哪里去了。

等红路回过神来，寻到茶楼时，她才明白她刚才受的那一茶杯与眼前的情景相比，实在是小巫见大巫了。只见一惯傲气十足的研究生小燕此时惊慌失措地一把拉住了红路，言语不清地说："拉都拉不开，拉都拉不开——"

红路一把推开了小燕，冲到楼上，吓得她眼睛都发麻了——只见她那个世家子弟琴家传人丈夫，两只手掰住他的弟弟徐华的肩，把徐华抵到墙角。夜幕降临了，楼上的灯还没有装好，只有一盏小灯亮着，却把这兄弟两个的影子放大到了墙上。一个脑袋在他们之间来回地晃着，一点声音也没有，那是徐元。他身上还围着围裙，摊着两只手，像钟摆那样，一会儿走到哥哥那边，一会儿走到弟弟那边。他还不时地跺着脚。看得出来，他焦急万分，可是他一句话也说不出来了。

只听徐华气急败坏地说："你放手，你给我放手。"

徐白哪里会放手，他也气急败坏地说："你要是再敢——再敢——"

红路见状，突然悲从中来，她一把抓住站在后面的小燕的手，喊道："你们这是要我丈夫的命啊！你把画给我拿出来——"

小燕看样子也真是还没有见过这样的架势，就跺着脚喊："徐华，你快把画给大哥拿走吧，你看把他们急成什么样了——"

徐华就在一边挤着嗓子说："什么画，什么画，和画没关系。"他突然嘴软了，说，"行了，我答应你，以后再不训徐元，够了吧！你放开，别再丢人现眼了。你看你把徐元吓成什么样了。我刚才那一下算得了什么，你放开。"

徐白这才放了手。徐元一见他们松开了手，自己也就不晃了。这三兄弟，就愣愣地站在了墙边，谁也不说一句话。

好半天，红路才走上前去，说："徐白，拿上画我们走吧。"

她抬起头来看了一眼丈夫，便低下头去再也不敢

看，徐白的半张脸在阴影之中，现在他的目光中已经没有一丝刚才的歇斯底里了，他的两只眼睛，像是两块用忧郁结成的大冰块裂开了无底的缝。他摇摇晃晃地走了出去，一边说："别跟我提画的事儿。"

红路这才放了小燕的手，问："怎么回事？怎么一眨眼的工夫就闹成这样子？画呢？"

徐华坐了下来，一边理着他的衣服一边说："嫂子，你和大哥不一样，他是山顶洞人，现在赤着一双脚要追时代的步伐也追不上。你可是明白人，你该知道，现在要打通一些关节有多难，有多微妙，你这几张画那就是最后的撒手锏了。有了它，这茶楼就成了，没了它，这茶楼就得再干耗着。干耗一天都是钱。都说钱是万恶之源，可是徐元他一下岗，老头儿就发心脏病了。谁救他？是我的茶楼，还是大哥的那个没影子的琴馆？刚才徐元整理茶杯，把上好的景德镇茶杯敲破了好几个，你说我要不要说他几句？我喉咙响一点，这也算不得什么，徐元脑子有病，你不响着敲能行吗？谁知我才没说了几句就让大哥撞见了，啊呀，那还了得，反了天了，要卡死我了。我知道大哥从小就护着二哥，这也难怪，同情弱者嘛。可是真到大事情面前，他还那么做，我就不得不怀疑了，难道我在他心目中，真的还不如一个弱智者吗？"

红路听了徐华那么滔滔不绝的控诉，心想，一个娘生的，真是不一样，徐白都说不出话来了，徐华还能说上那么多。再看看徐元，站在墙角边，一声也不吭，一动也不动，也可能他是被吓坏了吧。红路知道徐元的病状，自从脑袋被碰过之后，他就再也不会流眼泪了。他的最极端的表现，就是这样站在墙角，一声不吭。小燕不知道这些，过去，拉着徐元说："二哥，别害怕，没事儿，都过去了。你还是整理茶杯去吧，没事儿，再没人敢骂你了。你放心，有我呢。"

徐元就吓得一个劲儿地摇头，一个劲儿地摇头。红路就说："小燕，你没看徐元吓成什么样了，难怪徐白生这么大的气。徐元有病，经不起吓的。你再叫他去弄茶杯，他还敢？我看今日就算了吧。"

小燕却不饶，说："嫂子，二哥今日这一关一定得过，过得去就过去了，过不去，明日他也不敢再来这茶楼了，这是心理学。听我的，没错。二哥，你跟我来，我跟你一起去，没事儿，砸破了也没事儿，不就几只茶杯吗，砸破了我赔就是，有什么大惊小怪的。"这后面

几句话，分明就是说给徐华听的了。说着，就小心地拉着徐元的手，下楼去了。

红路还能说什么呢，她本来还想诉诉她的舞蹈专场的筹备之苦，突然觉得一切都没意思，没什么可说的，没什么可说的了。走吧。

她一个人慢慢地沿湖骑车，骑了好远，才想起来，关于画儿的事情，她竟忘记提了。

徐白的未来的琴馆所在地，就在他从前的办公室旁边。一间曾经是木匠干活儿的平房，大约有二十平方米左右，和周围一些建筑比较，自然寒酸。徐白原来也是因为下意识地想与环境拉平，故而东拉西凑地化缘来装修。现在看来，外部的形象是已经差强人意了。白墙黑瓦，门前修竹，倒也朴素。只是屋里的展品架子和桌椅用具，因为资金不到位，迟迟不能配备。小燕夹着李子明的两幅画，找到琴馆时，正是盛夏的上午八时左右，琴馆里，已经传来了木工干活儿的锯刨声。

小燕是来还那被徐华扣下的画的。昨日夜里，这一对有诸多共识的情人大吵了一架，突然发现共识甚少起来。小燕大骂徐华不要脸，徐华听了脸孔发白，几乎要给那女研究生一耳光，他大叫道："还不是你逼着我走到这一步的，你要不是那么催死催活，我会那么做吗？"

小燕也大叫："我怎么知道世界上还有你大哥这样份量的人，你和他生活了二十几年，你应该比我清楚。"

"清楚了又怎么样？没有这些画，茶楼不是照样开不起来。你是要茶楼，还是要我大哥那个一分钱也不能挣的古琴？"

小燕倒是被问愣了一下，半晌才说："徐华，你看我如今满嘴的钱，都担心这样下去我会不会连我自己的那个专业也讨厌起来！"

徐华倒是吃了一惊："小燕，你也厌了？"

小燕摇摇头，说："这时候我不该说泄气话。你把画给我吧，我明日给大哥送回去，你们兄弟之间，也好有个交代。"

徐华苦笑着说："小燕，我说你对我们这一家还是所知甚少吧，怕你听了不服气。你以为大哥这样的人，真的是可以随便冒犯的？他今日算是把事情做绝了，我们手足一场，从小到大，他还没有碰过我一个手指头呢！"

"那，我把画送回去，我替你赔礼道歉——"

"——要能送得回去就好了，"徐华苦笑着打断了小燕的话，"要能送得回去就好了，你不知道他是个什

平
湖
秋
月

么样的人，你不是在琴声里长大的……"徐华不想在情人面前出丑，掉转头就走了。

此刻，徐白正在屋子里干木工活儿，看见小燕进来，点了点头，说："自己找张凳子坐，我得趁着早上凉快，多干一点儿活儿。"

小燕找了一块长木头条子坐下，说："大哥，你也会干木工活儿？"

"算是会一点吧，从前当知青的那会儿，什么都学会了一点。你喝水，我这里有矿泉水，琴友赞助的。"

小燕故意把画放在徐白视线能看到的地方，她明明看到徐白是看到了，但他好像一点也没有看到，他正在专心致志地做一只柜子。没有贴墙纸的粉墙上，还挂着那只琴囊。

这里很安静，窗外的绿竹浸着风，飒飒地响，很好听。小燕觉得这声音恍若隔世。

徐白问小燕有什么事。小燕说："没事儿就不能来走走啊？就是想来看看你嘛。"

徐白没有像她平时打交道的那些男女朋友一样接过话茬儿，就浮儿不当正经地开起玩笑来。徐白对她的说话方式完全是另一种类型的。他说："那你就坐一会儿，我得把这只柜子钉完，还要打砂皮。"

小燕突然发现，徐白完全不是她第一次看到时的那个讨巧卖乖的背时的焦灼的中年男人。他手里拿着榔头，脸上淌着汗，瘦瘦的胳膊上，肌肉绷得紧紧。他的神情很集中，一点也没有杂念。小燕隐隐约约地明白了，为什么当年最走红的红路会嫁给这个男人。

小燕说："对不起，我不该没打招呼就来。"

徐白点点头："没什么。只是以后不要用刚才那种口气和我说话了，其实我和你们是两代人。"

小燕暗暗吃了一惊，一时就语塞起来。为了弥补她刚才说话时的不得体，她拿起一块砂皮，就帮着徐白干起活儿来。徐白说："你别先磨这个，这个我还没做完。墙角里有几张凳子，你先把它们给打一遍吧。"

结果，小燕半个上午再没说上一句话，光顾得给那几张凳子打砂皮了。

总算等到徐白发话说："行了，我的柜子也钉好了，休息一会儿吧。"小燕还不敢马上放手，又装模作样地磨了一会儿，这才放下，到门口洗了手进来。徐白正在喝水，小燕再不敢用轻浮的话与徐白打趣了，看到

墙上那只琴囊，才算是找到了话题，小心翼翼地问："我能看看你的琴吗？"

徐白说："想看就看吧。手要洗干净，放在那张台子上，别碰坏了。"

这几句话又把小燕说得诚惶诚恐，她还想用点玩笑话冲淡气氛，想问一声，要不要焚香沐浴，话到嘴边又咽了下去。轻轻地取了琴出来，却看不出什么特别之处。琴是七弦琴，也不大，普普通通的。小燕用手拨了几下，那声音也说不上悦耳，比起电子琴，要轻微多了，要单调多了。小燕学的专业就和艺术少挂牵，她实在不明白，为什么还有这样一些人，为这样一种乐器，弄得好像要赴汤蹈火似的。她也不敢随便打听，只好换了一句话问："怎么声音那么轻？"

徐白喝着水，反问："怎么，你觉得琴的声音很轻吗？"

小燕的脸突然红了，她是明白人，知道这就是徐白的回答。

"与其说轻，不如说低吧。"

小燕连连点头，琴声，给人的感觉，不是轻，而是低。这是绝不能够弄错的，绝不能够弄错的。

徐白这才说了："你不懂音律，我一时还不能给你讲清楚何为琴，何为琴道。不过你可以记住，中国人有句乐理，叫作大音希声。什么叫大音，五音之首宫音为大音，以宫为主，生出商角徵羽，合为五音；又生变宫，变徵，合为七音。什么叫希声，黄钟在十二律中为最低音，亦名大声，首声，始声，希声。总之，振动之响，未分音阶前谓之声，分成音阶后，谓之音。按律为声，按乐为音；律声，分清浊，分阴阳；乐音，分高低，分强弱——"徐白见小燕听着听着一头雾水起来，就停了话，说，"暂时就讲这些，以后你有兴趣，我再说吧。"

小燕连忙说："我有兴趣，我有兴趣。我以后也参加你们的琴社。"小燕说的是真心话，她毕竟是个受过高等教育的人，知道什么事情是应该去理解的。这么说着，她就站起来出了门，却见徐白拿了那画，放到她自行车的前筐里，又找了绳来扎上，说："画你们拿回去，我已经不需要了。"

小燕这一下急得是要哭出来了，说："大哥，你不知道徐华悔成什么样了，你不要，我怎么回去和他交代？"

徐白说："我是真不要了，昨夜李子明接了红路的电话，一大早他亲自又送过来两张，我都没要。你看，我自

平
湖
秋
月

051

已动手，不是照样做到这个份上了吗？这个琴馆，我已经想定了，再不向人家要一分钱，我们自己能干出来。"

"你不要，我们也不要，你爱怎么处理就怎么处理吧。"小燕说。

"那我就送给你们了。"

"为什么？"

"哎，我是老大嘛，宫商角徵羽中的宫嘛，十二律中的黄钟嘛。没有我老大，哪有他老三呢。自然规律叫我这么做的嘛。"

小燕的眼睛一下子湿了，跳上车就要走，临走了也没忘记说："大哥，徐华要是再敢吓着徐元，我就和他一刀两断。"她不知道再说什么来让徐白放心了。

徐华和小燕的平湖茶楼是建起来了，法人代表却是徐韵生的。徐老先生一开始还不知道，还是琴友看了那证书挂在茶楼上，急着去告诉徐老先生，他听了几乎晕倒。想了好久，也想不出，没有他的户口本子，这帮小祖宗是怎么把他掘出去的。那日夜里，老先生再无心操琴，闷坐半晌，恍然大悟，轻轻把徐元叫来。也不和他说什么，只拿眼睛盯着他，好一会儿，才说："真想不到，你也会干这等不上品之事了。"

徐元就把头低了下来，两只手搓来搓去，一会儿，就把手伸了过去，说："你打。"

"三十多岁的人了，我打你，你倒是一点也不笨的呢，怎么不用你自己做了法人代表啊？"

徐元憨憨地就笑了，指指自己的脑袋说："我有病。"

徐老先生也笑了，鼻子就酸了起来，说："谁说你有病，你倒是连户口本都会偷的人了。不相信我告诉你大哥，叫他评评理看，你倒是真的有病，还是聪明过头了呢？"

徐元就走了过去，从身后掰住父亲的两只耸起的肩膀，摇来摇去。这种特殊的语言只有徐老先生自己知道，那是三十多岁的儿子在向他撒娇呢，看样子又有什么花样要玩了。徐韵生就说："不要作死，自己说，又有什么事情要为难我了？"

徐元就掏出一份海报来，那上面写着茶楼几号开张，请了怎样的名家来操琴。徐韵生说："给我看这个干吗？和我有什么关系？"

徐元就一声不吭地用力摇起父亲的肩来，父亲知道这是徐元发急了，就说："还不快去找你大哥，这是他答应的事情。"

徐元就摇头，说："不答应。"

"谁，谁不答应了？"徐老先生的确感到奇怪了，他还从来没有从人家耳朵里听到大儿子有什么不答应的事情呢。

"大哥。"徐元说，"不答应。"

徐韵生这才知道这不是一件小事了，琴社上了海报，君子一言，驷马难追，怎么可以出尔反尔呢？他旋即给徐华打了一个电话，徐华在那一头说："老先生，我是没有办法了。徐元是你的儿子，我也是你的儿子。徐元下岗我收下了，我出洋相你也不能不管。"

徐韵生问他有没有找过大哥，徐华知道一家人都瞒着老头，不让他知道他和他大哥差点打了一架的事情，便也按下此话不提，只说找过了找过了，谁出马也不行，连大哥最买账的徐元去了也不行。

放下电话，徐韵生才问徐元："你真去过你大哥那里了？"

徐元就点点头。

徐老先生又问："他怎么对你说的？"

徐元一声也不吭，他的神情，突然变得很庄严，他小心地说："不好讲的。"

徐韵生知道，这就再也别想从徐元这里问出什么话来了，这么想着，就说："元儿，去把外衣给我拿来。"

　　徐元的确是被他的弟弟徐华派到徐白那里去过的。徐元手里也是拿着那一张海报。谁知正在干活儿的徐白这一次连正眼也不看一下，只让徐元先喝了矿泉水，就调制柜子油漆前所要用的石膏，接着就是老方一帖，给他的木器打砂皮。徐元也是老实，一声不响地喝了水就干起活儿来。过了一会儿，突然说："我有嘉宾，鼓瑟鼓琴。"

　　这是《诗经·小雅》里的《鹿鸣》一诗中的名句，从前徐白弹琴得意时常常要诵咏的。徐元只在一边听过，没想到他今日就突然冒了出来，作为他的对此事的发言。然后，徐白就走到大弟身边，说："徐元你可是一个人精啊！"

　　这么说着，却发现徐元手里有血，把柜子的白木头也染红了。开始徐白还以为是徐元替他打砂皮打出了血，抬起他的手一看，才发现不是，显然是给瓷碴子扎的。他知道这是怎么一回事了，握着他的手，好一会儿才说："徐元，你再等一等。等我的琴馆建好了，到我这里来医琴吧。"

徐元想了一想，脸上就露出了疑惑，问："那，谁洗茶杯呢？"

徐白很吃惊，反问："你愿意洗茶杯？"

徐元又想了想，便点点头。这一点头，把徐白点蒙了，再问："你不愿意到琴馆来？"

徐元说："我不愿意爸爸发心脏病。"

这是他平日里说的最长的一句话了。说完，就又拿了砂皮去打。徐白连忙找了一双手套给徐元戴上，却突然看见了徐元后脑勺上的一块疤。那一年徐元被人从台上推下来，正是徐白把他背到医院去的。他还能清楚地记得，徐元的血是怎么样流了他一身的。到了医院，医生还以为他也受伤了呢。这么多年过去了，徐白也就不太想到这件事情了。突然一下子重新看到了它，徐白的胸一抽，痉挛般地痛了起来，他的手就捂在了胸口上。这一次是徐元发现了，他停住了手，惊慌地看着他。徐白笑笑，说："我也有伤疤。"

"在哪里？"徐元问。

徐白就指指自己的心。徐元仔细地凑上去看了一下，说："没有血。"

徐白就叹了口气说："就这一点和你不一样。"

徐元走开了，继续干他自己的活儿。突然，徐元叫了一声，说："白天医琴，夜里洗杯。"

徐白看到徐元兴奋的表情。他冲着徐白喊道："白天医琴，夜里洗杯。"

徐白知道，这是徐元终于想出一个两全齐美的办法来了。这样，白天，他是属于琴的。夜里，他就可以属于使他的老父亲不会发心脏病的钱了。

徐韵生是夹着那把仲尼琴去的琴馆。那一日正下着雨，隐隐地就有着几分秋意了。湖边马路靠里面的那一边种的都是法国梧桐，此时便有几片落叶在空中翻飞着掉下来，一直贴在了湿漉漉的柏油路上。亮晶晶的绿中泛着黄色，雨打阔叶，淅淅沥沥，实在好听。再见西湖烟雨空濛的样子，群山一时隐去，湖面就一下子阔出了许多，连那湖边的柳条也坚硬了些许，在风中飘扬得很有骨气了。徐老先生就想，该和徐白弹一曲《西泠话雨》，才配得上此时的景致啊！

徐白的琴馆里却是一股的油漆气。原来那些柜子都让徐白和几个朋友自己动手做好了，虽然没有行家的规矩，倒也可以说是齐整的，昨日用荸荠色漆了，原想等

几个好天气，待油漆干了，再漆一遍。徐白想了，虽是自己做的木工活儿，比不上家私城的豪华家具，但配上自己制作的琴，却是天衣无缝的。不这样搭配，倒是不对了呢。所以漆是必定要上三遍以上的，还要罩清漆。

可是天公不作美，却下起雨来。徐白从前是很喜欢西湖边的雨的，以为这是人生一特景，今日却烦了它，手里拿把王星记的黑扇，一个劲地在柜子边扇着，也不知是扇自己呢，还是在扇柜子。恰好这时父亲徐韵生走了进来，见他这副样子，就顺手开了电扇，说："何苦热成这个样子，这间屋子闷得很呢。"

徐白连忙扑过去关了那电扇，说："我可是特意关了电扇的，就怕一地的灰粘在柜子上，油漆还没干呢。"

老先生喜欢徐白这种作派，便也随着儿子一起熬热，只是说："有客抱琴来，与君同寂寥。你看这把琴，我是制好了，山东那面还没来得及取，先放在你这里养一阵子吧。"

徐白就伸手从父亲处捧了琴来，琴是好琴，不用说的，徐白置琴于案上，见那七弦张于板面，右出岳山，左入龙眼，按下手指一试，发音清亮。琴家本来就有"左一纸，右一指"之说，说的是琴面过高则碍指，过低了又损音，只有"左一纸，右一指"了，才既不影响音亮，又不发生抗指弊病的。这张仲尼琴，正是恰到好处了呢，所以音质十分对徐白胃口。他不假思索地调了一会儿琴，就弹起了一首曲子，却不是徐老先生触景生情想到的《西泠话雨》，却是那一首千古绝唱《思贤操》。但见徐白一气呵成此曲。他分别用中音、高音和低音三段复奏。一时间徐韵生觉得悲秋之气袭人而来，琴韵低回，音色幽冷，芳草凄迷，斜阳昏淡，恍兮惚兮间，似见当年孔子皇皇汲汲于道上，悄然思念弟子颜渊。正要被这伤怀悲悼之情摄去了魂魄，突然又恍然觉醒，韵音中意存铿锵之声，强健不屈，独立不阿；君子忧道，虽希声却是大音。徐老先生知道儿子的琴道是又上了一层了，心里且喜且悲，竟不知说什么才好。站起来，就恍恍然走到了大门口，徐白追了上来，叫道："爸，你怎么连伞也忘了拿啊？"

徐老先生就恍恍然地接了伞，要走未走，徐白迟疑地问："爸，我多日不操琴了，你是不是觉得我手生了？"

徐韵生看着他的大儿子，半晌才说："怕不是往日我传你的琴操太深了吧？你今日的音律便是有些不可自拔了呢。"

徐白立刻就明白父亲此话之深意了，又问："不可自拔，垢在何处？"

"岂能言垢，岂能言垢。"徐韵生摆着手说，"我只是想说，琴自伏羲传至今，并非只是有操，还另有畅，有引，有弄。和乐而作，命之曰畅，言达者兼济天下，而美畅其道也；进德修业为之引，申达之名也；情性和畅为之弄，宽泰之名也。这些年来，你却独喜不失其操之操，不知是否过犹不及了呢？"

这一番话倒是把徐白听得只冒冷汗了，口说："父亲竟在我的琴声里听出了过犹不及，这才离席而去？"

徐老先生连连摇手，说："哪里，哪里，我是唯恐再听下去，与你一起不可自拔，不如就此告辞了的。"

这才接了雨伞，踽踽而去也。

日月穿梭，白驹过隙，转眼八月中秋。杭城多雨，常常到了月儿团圆的日子，却淫雨霏霏起来。故而，一旦有个中秋月高的晴朗之夜，杭人往往就会倾巢而出，满城空巷，环湖皆人。

那一夜平湖茶楼的门前大草坪上，一圈圈地坐满了人，个个点着蜡烛，于明灭晦暗中做着"明月几时有，把酒问青天"的幽梦。嬉笑中还有人隐隐听得身后茶楼中，偶有琴声传来，也是隐隐约约的，作了生命的背景。

有人说，那是琴社的雅集呢。听说老先生们都出动了，请了大江南北四方之人，来此茶楼同乐，共庆这太平盛世永乐永昌，但不知刚才齐奏的是一曲什么。暗中便有人道："这正是前辈所弹之《和平颂》，五十年代脍炙人口的获奖节目呢。"

众人便息声而听，有人听了一会儿就笑了，说："那不是台湾民谣《兰花草》吗？"

又有人笑着说："怎么不来一首刘德华的《来生缘》呀？"

"《月亮代表我的心》也可以啊！"

说笑声重又雀起，红尘的声音到底是喧哗于湖上月中的飘渺之乐的。那暗中的人儿便独自地走开了，谁也没有看到他一直就站在茶楼下一处看得到阳台的地方。那上面，徐韵生老先生正带着他的那一群弟子及四方琴友，弹兴正健呢。

夜半时分，人琴俱散，灯火阑珊。但见一轮明月，冰清玉洁，照耀湖上，竟反泛出一片光芒，折射人间。小燕正在楼下张罗着关门，突然见一人上楼，正要拦

平湖秋月

他，定睛一看，连忙折入旁边一小门，对那里面正忙着算账的徐华说："大哥来了，大哥来了。"

徐华连忙问："背着琴吗？"

"背着呢，怕就是那张'仲尼'吧。"

徐华一听，松了一口气，就瘫在椅子上了。俄顷，却听到了楼上传来琴声。小燕不识琴曲，便问："这是什么曲子？"

徐华也听了一会儿，说："哎，真还没有听到过。"

小燕就站到了门口，说："这琴声，倒好像是专门为了这样的夜晚生发出来一样，从前听人家讲的天籁之声，大概就是这个吧。"

这么说着，两个人就悄悄地上得楼去，却见红路、徐元早就坐在那里了，都正静静地听着徐白弹琴呢。

从这里望出去，可以看见明月下的西子湖，湖上三岛，呈品字形，镶嵌在黑宝石一般的湖面。又见三潭印月，隐隐约约，在水一方。真是地上平湖，空中秋月，那琴声，明明是从徐白的指下流出，却仿佛是从很远的地方，从那山林湖泽，天上人间处渗溢而来一样。徐元在一旁听着听着，就拿出了一张人民币，红路悄悄地拉住他的手，说："别打搅你哥。"徐元不听，挣脱了嫂子的手，把那张五元钱放在徐白的琴边，说："给你。"

徐白几乎没有用眼睛看那钱，但他知道，那张五元钱，当中是有一道裂缝的。

徐华却轻声地叫了起来："大哥，你看，你快看，徐元他哭了，徐元流眼泪了，我二哥他会流眼泪了……"

这么叫着，徐华突然就语塞了，小燕和徐华多年同学，第一次看到他突然难以自控的悲喜交集的神情。

所有的人都看见了徐元在月光下的亮晶晶的眼泪，细细的两道，正从脸颊上爬下来，像两道琴弦。

徐元自己却没有家人们的被击中般的激动。他凑近了琴台，侧耳，皱着眉头，手指修修长长地轻轻打着节拍，口中还念念有词：

云山苍莽兮，君远游；

泉石峭洁兮，君归休；

……

徐元吟哦的，正是徐韵生早年所教的《泉下铭》。那时，徐元还没受伤呢。

徐白却一直也未停下手来，仿佛这一切正是他意料中之事；仿佛他的琴声今夜在此，正是为了迎候久违的泪水。他甚至伴着琴声，与徐元一起轻轻地吟哦起来了——

云山苍莽兮，君远游；

泉石峭洁兮，君归休；

怀才抱器兮，无忮求；

人琴俱杳兮，思悠悠；

……

图书在版编目（CIP）数据

西湖十景. 平湖秋月 / 王旭烽著. -- 南京：江苏凤凰文艺出版社, 2018.9

ISBN 978-7-5594-2247-7

Ⅰ. ①西… Ⅱ. ①王… Ⅲ. ①中篇小说－中国－当代 Ⅳ. ①I247.5

中国版本图书馆CIP数据核字(2018)第118243号

书　　名　西湖十景.平湖秋月

作　　者　王旭烽

策　　划　袁　敏

责任编辑　姚　丽

书籍设计　周伟伟

出版发行　江苏凤凰文艺出版社

出版社地址　南京市中央路165号，邮编：210009

出版社网址　http://www.jswenyi.com

印　　刷　上海雅昌艺术印刷有限公司

开　　本　787×1092毫米　1/32

印　　张　4.5

字　　数　69千字

版　　次　2018年9月第1版　2018年9月第1次印刷

标准书号　ISBN 978-7-5594-2247-7

定　　价　39.80元

（江苏文艺版图书凡印刷、装订错误可随时向承印厂调换）